名流詩叢 41

故意遺失

Lost on Purpose

或許我可以找回失散已久的朋友，
母親的記憶。我突然發現自己
拿著婚禮蛋糕刀，看到刻有K字，
全身發抖，起雞皮疙瘩。
我記得，有些事，故意遺失。

〔美國〕卡蓮・賀德 (Karen Head) ◎著

李魁賢 (Lee Kuei-shien) ◎譯

作者卡蓮・賀德（Karen Head）與譯者李魁賢合照。

引言
Introduction

卡蓮・賀德

　　當李博士試探要翻譯拙詩集《故意遺失》時，我深感榮幸。對他在這項計畫上所從事的工作，我無法充分表達衷心感念。詩人如何適當感謝譯者將其作品，轉型提供給更廣泛大眾呢？李博士對詩的奉獻，以及經由他的翻譯計畫，和他所策劃年度福爾摩莎國際詩歌節（我很榮幸在2019年獲邀請參加），在台灣與世界各地之間架起「詩橋」的熱忱，非同尋常。

　　就翻譯計畫而言，我相信《故意遺失》特別適宜全球大眾。此書核心主題是外地交流，以及這種交流如何使人反思自己的身份意識。翻譯類似交流性質，是另一種外地「旅行」方式。翻譯也涉及信任——是

詩人與譯者之間關係的重要基礎——世界為享有和平與繁榮，需要更多此種信任。《故意遺失》也是關於愛的書，特別是晚年發現的愛。同理，旅行歲月和更多「被譯」的生命觀，往往成為年齡更大、經驗更豐富人員的標誌。我們每遊覽過一個新地方，會不斷改變我們對世界的觀點。我們經時學習，擁抱差異，當做美好而且豐富的事物。

　　在訪問台灣期間，我被所見人們的善良和慷慨所折服。希望讀者能接受這些詩，作為我感激的薄意——並希望能從閱讀本書的經驗裡，發現生活稍加充實。

When Dr. Lee approached me about translating my book of poems, *Lost on Purpose*, I was deeply honored. My gratitude for his work on this project cannot be adequately expressed. How does a poet properly thank a translator for transforming her work for a wider audience? Dr. Lee's dedication to poetry, and his passionate desire to build "poetry bridges" between Taiwan and the rest of the world is extraordinary—through his translation projects and his direction of the annual Formosa Poetry Festival, which I was honored to be invited to in 2019.

Appropriately for a translation project, I believe *Lost on Purpose* particularly lends itself to a global audience. The book has as its central theme the negotiation of foreign

places, and how that negotiation causes a person to reflect on their sense of identity. Translation is a similar kind of negotiation—another way of "traveling" in a foreign place. Translation is also about trust—an essential foundation for the relationship between the poet and translator—and it this kind of trust the world needs more of in order to enjoy peace and prosperity. *Lost on Purpose* is also a book about love—specifically love that is found later in life. Similarly, years of travel and a more "translated" view of life tend to be markers of an older, more experienced person. With each new place we visit, we forever change our view about the world. We learn over time to embrace difference as a thing of beauty and enrichment.

During my visit to Taiwan, I was overwhelmed by the kindness and generosity of the people I met. I hope that readers will accept these poems as a small measure of my gratitude—and that they will find their lives a little richer from the experience of reading this work.

Karen Head

目次

歐洲大陸
continental

跋詩
epilogue

序詩

Prologue

藝術家隱居
An Artist's Retreat

那人的房子可以俯瞰河流

他在傍晚時彈奏手風琴

獨自站在家門口，紅色波紋管

一開一闔，再一開一闔

像在費力呼吸，邊嘆息，邊呼吸。

為自己彈奏，也為空氣和河流

以及山崗上的公雞彈奏，

我們經過時，他毫不理會，

即使我們停下來看也無所謂。

無論他做什麼，都與我們

無關，我們只是訪客藝術家——

雕塑家、攝影師、詩人——

他必然是居住在此地的日常
現實中，沒有時間空想。

聯合王國

united kingdom

來到國王十字車站[1]
Arriving at King's Cross Station

　　　　　　能讓我們生存的就是愛。

　　　　　　　　—— 菲利普・拉金（*Philip Larkin*）

約克郡[2]的週末：你充滿

新鮮愛意帶我

越過荒野去會見你的家人。

如今，你在上面拖著行李箱

等我去找到我們在他書中的位置——

領悟到我們就像拉金的箭

從同一個岩石隧道射向太陽——

親吻雨。窗戶濛霧，我們只能向前

---

[1]　國王十字（King's Cross）車站，倫敦重要交通樞紐之一，與附近的聖潘克拉斯
　　站（St. Pancras），都是哈利波特迷必去的朝聖景點。
[2]　約克郡（Yorkshire），位於英格蘭東北部。

探看我們自己的聖靈降臨節。時間緊湊

心怦怦跳。到我們這年齡，很好玩。

我們在照片中像麥克‧李電影中的角色
In the Photo We Look Like Characters in a Mike Leigh Film

我們來到埃塞克斯郡，

位於倫敦到

紹森德碼頭邊緣半途，

趁暑假來玩一天。

花園裡理應

萬物皆備，但似乎不然——

繡球花正好

長在矮楓樹旁邊

環繞糖果色鳳仙花。

甚至你亡父的錦鯉池塘

有自在的氛圍

儘管你繼母有固執傾向，

她說，這純粹表示尊重他。

連天氣都異常惡劣，

雖然蔭下有點涼。

家庭紀事的年表平淡無奇。

輕易歸罪於飛行時差，

我就向後靠，閉目休息。

家犬在陽光下睡覺。

這時故事傳進來，

你堂嫂砰一聲

丟東西（茶壺嗎？）

她是對準丈夫，但是

差點打到幼兒身上。

我們都坐直，清清喉嚨，

避開彼此眼光。

若是麥克·李拍的電影，此時

健忘的單身牧師就要現身，

因高速公路或理事會議上

一些細故阻礙拖延，

為遲到連聲抱歉。

這時那位，總是手上拿飲料

穿太短裙子的鄰居，

搖搖晃晃通過側門，

開始和他調情。

我們大家舉止似乎都沒什麼尷尬——

完全像按下快門那一瞬間。

威爾士與貞操
Wales and Chastity

夜裡做什麼與睡眠有關？

到夜晚有更好的甜心來證明。

————約翰・米爾頓《酒神之假面舞會》

如果計劃是要逃避誘惑，

田園四周環境不太感受到

這裡是語言只有

部分熟悉的地方，

且對慾望沒有防備。

夜裡發生危險，

放錯位置的元音悲吟、歌頌

引誘你進入雜亂森林，

竟令你恍神，迫使你在
舞蹈中迷失自己。

黎明時，兄弟們不會發現
你很神奇固坐在椅上，無辜
需要莎賓娜的自由之歌。
你會在打盹時嘆息，披著綢衣，
醒來，找身邊的空杯。

濱海薩爾特本[1]
Saltburn-by-the-Sea

沿馬林百列大道，跨越登山纜車的

人行道末端，由此拐進到碼頭，

她出現在陽台上，緊緊抓住一扇玻璃門。

淡粉紅色薄紗裙（公主？芭蕾舞孃？仙女？）

鑲著亮片，在午後的陽光下閃爍。

她的頭髮糾纏混濁金黃色海藻。

她在唱歌。大聲。但聽不清音調。

那建築不是在此馬戲場中修復的建築之一：

---

[1]　濱海薩爾特本（Saltburn-by-the-Sea），位於英格蘭北約克郡的城市，也是濱海
　　度假勝地。

天氣惡劣，石膏馬銜結塊像夾鼻具，

窗戶年久變黑，連北海也無法清淨。

我向她揮手。她退到陰影下——受訓中的海妖。

時間流逝
Time Passages

格林威治 Greenwich

倫敦在我們背後，
我們爬上陡峭山丘，
（夏天來度蜜月的遊客）
路徑迂迴穿過子午線，
一陣子我們在東邊，
下一陣子我們在西邊──
到達山頂時，
我們嘻嘻哈哈像小學生，
等候輪到我們上線
古典現場拍照，
你本能走向西邊，

叫我站在東邊

因為我們從那邊過來，

但就在按下快門之前

我伸出左腳小趾跨過線，

因為我從那邊來

不表示會往那邊去。

時間夫人 The Time Lady

賣時間始終是一種商品——

露絲·貝爾維爾[1]懂些訣竅，

她的家族企業跨越兩個世紀，

就像以前她的父母一樣，

每星期一，她會攀上皇家天文台，

設置天文鐘（她命名阿諾德），

然後像普羅米修斯一樣，

帶不同的火種，既要躲避又要消耗

我們的一種固定要素，降落倫敦街頭。

---

[1] 露絲·貝爾維爾（Ruth Belville），外稱格林威治時間夫人，是一名倫敦商人。她本人及母親瑪麗亞·伊莉莎白、父親約翰·亨利，都出售時間給別人。

時間領主[2] Time Lord

我想成為實在的時間領主，

不是英國廣播電台角色，

與哈里森測時法同步，

就位，完全特權，

進入鐘錶匠崇拜公司，

我精緻的作品在導引海浪

隔開今天和明天

（或是今天和昨天？）

能夠界定從極點到極點的線——

---

[2] 時間領主，是英國長青科幻電視劇《異世奇人》（Doctor Who）中已滅絕的虛構外星人群體，主角「博士」為其中一員。時間領主可以操作時間穿越技術而得名。

就像觀看與跳躍之間，

我們所知與所相信之間的線一樣微妙。

瞻仰亞當斯[1]墓地
On Visiting Douglas Adams' Grave

海格特公墓，2010年
在他墓碑前矗立42支筆

筆悄悄滑過太空中的蟲洞[2]
到達我絕對想要住的星球。

我每天早上可以在那位
作家的世界裡散步
在我的日記本上摘記計劃——

---

[1] 道格拉斯‧亞當斯（Douglas Adams，1952～2001）是結合喜劇和科幻的英國
著名作家。
[2] 蟲洞（wormhole），又稱愛因斯坦-羅森橋（Einstein-Rosen bridge），是宇宙
中可能存在的狹窄隧道，連接兩個不同時空。

我可從三年級挑戰BIC原子筆

玩克里比奇籤牌

誘騙我的中學紫色弗萊爾氈尖筆

幫助我選擇新的壁紙，

邀請我在離婚時遺失的萬寶龍

來喝下午茶——

我不理堅硬的原子筆

老是催促我多寫

不必等靈感。

讓路
Give Way

我有一張照片，

遊客穿著印諧星的雨衣

在西敏寺假裝笑

忽視交通標誌

在我和寺院之間

標示「讓路」，

我故意忽視

這警告牌。

理解而且相信

我可以如此大方是無比的

驚奇：

就像我11歲時，

摔下樓梯，

昏過去，

奶奶不管我痛死啦——

眼睛鎖住我

盡力往我臉上吹氣

直到我喘氣，哭出聲

帶著歡喜恐懼。

這種愛，特別是在

動物時刻，就是如此，

以前經驗提醒我

移開視線或閉上眼睛，

保持距離得以
快速撤退。

不然，我就右手掌
擱在你肩膀上，拇指
壓住你的左太陽穴，
正用另一隻空手
向後梳髮時，此刻
就在我完全讓路之前，
清醒過來，明白為什麼
再也不會移開視線。

祕密花園
The Secret Garden

1957年

你三歲時
所有花園似乎祕密
神奇，尤其是
那些只能窺探的花園，
偷偷摸摸是另一種祕密——
就像有圍牆的花園
你只能從你小小臥室
角落裡的窗口
瞄一眼，
晚上，抗拒睡覺時，
你爬上老舊的

護理椅，像烏龜，
把頭伸出到
寒冷的倫敦空氣，
呼吸紫丁香的芬芳，
聽20:37口哨聲，
盡量保持不動。

白羊座
Aries

到晚春，荒野還是荒涼，
但今年石南花怒放
來得早，藍紫色朦朧
像地面霧氣沿山坡飄蕩。

我們拐角，發現路不通，
放牧羊群已逃跑，沒辦法
只好套頭披在窄肩上
看太陽升起，聽巴赫幻想曲。

我們決定伸腿，
拍幾張照片，欣賞景觀。

我繞過汽車後面，發現
被髒兮兮的公羊瞪住。

我緊張；牠似乎情緒不穩，
急促搖頭三下，打噴嚏，
徐徐溜走去嚼草——
嚇呆啦，我又開始呼吸。

鬆餅節
Pancake Day

你不信上帝。
在懺悔星期二
不操心悔改贖罪，
不顧慮任何犧牲。

你相信鬆餅，
遺留英國聖公會
教養，是謙虛
但奇特的傳統。

這種奉獻每年帶我們
到熱煎鍋，把麵糊勻開。
我們巧言說服小氣泡，

注意觀察硬化邊緣
耐心等候，直到
我們準備好要翻盤。

我們總是在深夜
吃這種薄薄的聖約
滴加糖漿。

在阿披書店
At the Albion Beatnik Bookstore

2011年在牛津

丹尼斯剛才強調說
有一塊放一星期的海綿蛋糕，
（隨時會賣掉）。
草莓餡有點太紅，
但我愛他的店，
在我第一次乾咬時
聽到有年輕人，文學系學生
（德里達徹底洩漏）
對顯然困惑的女孩說
「詩人都是妓女。」
茶裡佛手柑的香味

開始緩和我的火氣，

我注意到羅塞蒂詩集《生命之屋》

插在書架底部角落。

我抽出這本書時，心想，

「真的，詩人都是小偷。」

但丁呀，我不能怪你要

放置詩集，即使意味

會打擾海格特墳墓裡的麗茲。

你日夜供養她

激起自己的幻想，

但想要收回你的話

並不意味減少對她的愛——

這真不是繆斯擁有藝術的地方。

我不能原諒的是你膽小，

阻止查爾斯去她墓地。

本來應該由你

從她的紅棕色亂髮

揪出餵蟲的葉子。

被遺忘的女人
The Forgotten Woman

在格拉德斯通圖書館觀賞一位無名女子的畫作後

早年，我稍有耐性。
還是自己的情婦，
我尚未完全
熟悉匿名藝術。

我喜歡的畫家，有柔和
綠色眼睛、細小耳垂、
左手小指彎曲。
我看到她早上在果園，
會撫摸她的小靈犬鼻口
袋子裝水果當午餐。
我們很少對話。

那天她批評我的新衣，
說構圖多麼搶眼，
那天，沒有別人關心注意，
我同意，表示要更換。

她沒問我的名字。

我看到自己的照片，裝框，
像橘子成熟即將掉落，
我覺得太過冒險。
我注定不是歷史女人。
紅褐不是會被遺忘的顏色。

在另面生活中，我變成沉默女孩，
在開幕日參觀畫廊，
導覽員走近時偷偷溜走，
在門口強碰到乾李子。

要搞神祕並不難——
讓人每天走路注意，
但不要注意到妳——
要成為另位女人
無人知道名字。

晚禱
Compline

　　大沉默之前的最後聖歌

　　應是異端式（無禁忌的真相）。

　　你在辭職前需要

　　序曲達到遙不可及的夢想——

　　夜夜為貞節奉命。

　　當你只願意

　　快速撤退，

　　眼睛鎖定緊急側視，

　　兩手僅在分離時才握住，

　　指尖因順從而僵硬，

　　損失不是由於無作為，

　　而是缺乏表現。

詩人早晨醒來，

暴躁、精神萎靡，

所有祈禱者尚未表達

放任的慾望

卻出現在模仿晨曲中。

濱海紹森德
Southend-on-Sea

　　　碼頭是紹森德，紹森德是碼頭。

　　　　　　　　　　——約翰・貝傑曼

搭乘「約翰・貝傑曼」號
不是你所想那樣——
泥灘標誌陸地邊緣，
小汽車開始呼嘯疾駛

衝下紹森德碼頭超過一哩。
此處泰晤士河就像大海。
其同名火車讓我發笑，
連同那媚俗的詩——

在庫爾薩爾遊樂園附近，我們參觀

旅遊商店：有茶巾和「快吻我」帽子。

在賭場酒吧，鐘聲永不停止。

你的啤酒，我的蘋果汁，味都有點淡。

我懷疑，是約翰爵士偷偷核准；

平凡美色連桂冠詩人都動心。

當花園土地神鬧戀愛
When Garden Gnomes Fall in Love

她一直在養鴿子，

至少，設想他們是鴿子

差不多記得他的眼睛顏色。

為什麼總是必須要犧牲？

在他被推翻之前

他們夏夜聚在一起，

在教堂旁邊的山楂樹下

總是溫暖，擁有少許和諧：

不管他們需要什麼

自然要素或災情

必定給予解決。

故意遺失
Lost on Purpose

在貝克街失物招領處，

櫃內塞滿不斷鳴響和吱吱喳喳的手機。

黑色天鵝絨晚禮服掛在沙灘椅上，

水鑽鈕扣把亮片投射到牆壁。

在某一角落，有甕（據說骨灰只裝一半）

頂部倒置一個紅色搪瓷燉鍋。

在訊問台後面的玻璃架上，

裝好一組泛黃假牙要咬大理石黑天神。

有雪靴、印象派版畫、搖木馬，

四腳浴缸塞滿書。我算出有17尊花園土地神。

我考慮索取銀色小鑰匙

打開11歲生日時獲得的漆盒，

　　裡面可能會有祖母給我的酢漿草胸針，

　　和我的第一枚琥珀戒指。

　　或許我可以找回1984~88年失散已久的朋友，

　　母親的記憶。我突然發現自己

　　拿著婚禮蛋糕刀，看到刻有K字，

　　全身發抖，起雞皮疙瘩。

　　我記得，有些事，故意遺失。

惠特比小鎮
Whitby

　　你提醒：「海鷗似乎瘋狂啦。

　　夏天早上沒辦法睡覺，

　　即使下雨，平常也這樣。」

也許這就是為什麼斯托克[1]，

讓吸血鬼在此上陸，電影配音

迴響衝擊岩石峭壁，

北海湧來的海浪

形成濃霧瀰漫全鎮。

現代哥特人每年來兩次，

頭髮滲出黑色或紫色染料，

---

[1]　布拉姆・斯托克（Bram Stoker），愛爾蘭作家，1897年出版吸血鬼小說《德古拉》（Dracula）。

在聖瑪麗公墓，將自己

吊在墓碑上，攝影機軋軋響。

新噴流從頸部稀疏交叉垂下。

在海與荒地交匯地方，

約克郡大霧中，容易想像

希爾達和凱德蒙[2]的虛弱樣子

一起在東崖附近漫步

斯充涅莎修道院依然堅固，外殼不算，

那是維京人、亨利八世、凱撒海軍，

和時間所造成。廢墟投下陰影

烏鴉棲息，鼓動翅膀

2　凱德蒙（Caedmon, 600~679），最早知名的英國詩人，聖希爾達（St. Hilda, 657~681）牧師時期的盎格魯撒克遜牧民。

聒噪僅剩餘的音樂。
中午，我從港口
攀爬199台階，
鵝卵石引導至空無
氣味比燻魚難聞
呼吸有一點累。

阿梣和阿榆
Ask and Embla

根據北歐神話，第一批人類是由兩塊浮木形成。

十五年前，你懇求——
這塊簡單浮木藝術品
那是新嬉皮拉斯塔法理教徒小販
從停在塔蘭海灘的貨車後面拿出來叫賣。

整天游泳後
母親幫你的腳，
你的毯子、你的頭髮淨沙
（到處是沙，也許還有
一兩處污點使你在夕陽下瞇著眼），
這是任何孩子都會驚嘆的事。
在微光下，確實看起來像鴿子。

你已經把這塊浮木從童年時的臥室

移到學校宿舍再到你第一間公寓的廚房。

如今懸掛在托兒所的尿布台上方。

今年夏天，你帶著五歲和兩歲孩子，

去堆砌他們的第一座沙堡。

你在街上看到熟悉的市民公車——會吧？

藝術家，從未漂泊的流浪者，

喝拿鐵，同時在筆記電腦上注意特價消息。

他的鬍鬚看來還是像潮流殘渣，

但是頭已經梳洗乾淨

像浮木烏龜背面

如今是你女兒的搖籃。

船難
The Shipwreck

我們若相信探測器，

萬事

取決於崇高——

暴風雨

肆虐

附近船隻

已經沈沒

但依然

漂浮

波峰

洶湧海浪，
人

不重要，
救生艇上
迷濛烏雲下，

主帆
被照到——
只不過一線光亮。

靜聽佛漢・威廉斯[1]
〈塔利斯幻想曲〉
Ruminations on Vaughn Williams'
Tallis Fantasia

這不是「乳牛凝望籬笆外」[2]

如果是，也不會是

任何乳牛，或任何籬笆：

實在是樹籬，一條未修通路

通往起伏的翠綠草地，

在地平線上，陽光半遮。

乳牛，一件溫柔毛衣，

睜大眼睛像鑲白邊的條紋瑪瑙，

---

[1] 雷夫・佛漢・威廉斯（Ralph Vaughan Williams, 1872~1958），英國作曲家。

[2] 佛漢・威廉斯的變奏曲中出現牛的影像，美國古典音樂作曲家阿隆・科普蘭
（Aaron Copland, 1900~1990）說過，聽佛漢・威廉斯《第五交響曲》，就像
凝視乳牛45分鐘。

安靜嚼草，頸鈴助長
鳥鳴和輕柔微風——
愉快的嘆息，
無所不在又無處所在。

射手座
Sagittarius

忘掉人馬座的神話吧
他準備發射箭矢，
自己歌唱回到童年：

「我是小茶壺，
矮矮胖胖，
這是我的把手……」

抬眼仰望天空。
你可以看到銀河系，
從壺嘴冒汽出來。

英國人奉上一杯茶

回應一切，甚至戰爭。

此星座事關和平。

歐洲大陸

continental

聖拉扎爾火車站
Derrière la gare de Saint-Lazare

仿亨利·卡地亞·布雷森（*Henri Cartier Bresson,*
1908~2004）

那就在

逮捕我們而且把

男人吊在

無可奈何水面上

幾吋高瞬間

之前──

太早知道

長列火車開往

瑟堡之前

是否衝擊只會造成

兒童濺水或泡水沮喪，

他的影子仍然
完美反映
即將來臨的漣漪
我們知道會達到
經驗的邊際。

每日通勤
Daily Commute

巴塞隆納

此刻7:43,太陽剛好高掛林木線上。
我從烏爾赫爾站走出到格蘭大道,
地鐵列車衝刺在腳下振動;
沿海微風把鹹味推向北方。
十星期後,我從遊客轉變成
類似定居身份——

那位手拿紅色花邊團扇的女人,
輕拍年輕人要讓出她旁邊座位給我
當時我在西班牙廣場等L3號公車,
當地肉販只能嘆氣聽我結結巴巴

用加泰羅尼亞話說：「雞肉。分成兩份。」
即使只要求切雞肉，最好避免講西班牙語。

我白天最喜歡的時間是
在卡薩諾瓦十字路口。
在轉角長椅上，四位坐，一位站，
每天，反佛朗哥情緒的禿頂堡壘，
還是酷到可以暫停日常辯論，
轉而注視美國女人。
我們之間無話，不管任何語言。

三個時刻[1]
Three Moments

仿米娜・洛伊（*Mina Loy, 1882~1966*）

1. 半夜一點鐘

> 「雖然你從未擁有我
>
> 我自始就屬於你。」

女人夢中被逮

一如過去和未來

不亞於現在。

她必須時時算計——

她的和她與他的以及他與她的——

---

[1] 英國女詩人米娜・洛伊有詩《在巴黎的三個時刻》（Three Moments in Paris）。本詩分三部分，子題都步《在巴黎的三個時刻》後塵。

　　加上所有這些關聯。

　　有些人或另一些人擁有我們各位，

　　即使他們從未見過我們

　　永遠不會遇到我們，只是

　　一種力量在漆黑凌晨

　　把我們從睡死中喚醒過來。

2. 虛無咖啡館

　　「女人

　　照常

　　微笑　勇敢

　　一如她的天賦」

　　可能是在夜總會

　　年輕女孩顯得

　　天真，認為沒有什麼比

　　飲料加些裝飾更重要，

　　雨傘太小，擋不住暴風雨。

　　他們喝得太快。

假裝沒看到她，

正坐在轉角桌的女人。

她的孤單恐怖至極

比死亡還要難受。

3. 羅浮宮

「世界上所有處女眼睛都是玻璃製的」

所有博物館應該給妓女免費門票。
藝術從來沒有比
受過訓練不專心觀看的婦女
更有趣。她們眼睛在此交會
在光亮中，採取奇異角度，
抓住我們大多數人從未見過的曖昧，
轉變關鍵眼神指示其他婦女不要信任
無恥的天堂幻象。

不下雨的時候
When it doesn't rain⋯⋯

卡勒波特〈歐洲之橋〉[1]

她拿陽傘，

選擇褶邊紅羽毛，

一位年輕男子。

她沒有挽他手臂——

落後半步漫走，

迫他轉向她。

西班牙獵犬趕上前去。

---

[1] 〈歐洲之橋〉（Le Pont de l'Europe）是法國印象派居斯塔夫・卡勒波特
（Gustave Caillebotte, 1848~1894）於1876年完成的油畫。

或許嘗試快速嗅探。

這並非象徵忠實。

情詩如此多的理由
The Reason for So Much Love Poetry

並非生活中一切事都有意義。

艾呂雅知道。馬格麗特也知道。

有時愛情是裝滿水的杯子

在傘頂上保持平衡，

接著是從壁爐駛出來的火車

滿載你在內心悶燒的餘燼。

如果地球藍色有如橘子[1]

則愛情是隱形外套

壓印紫紅蘋果和褐色繡球花，

或是此刻需要的任何其他花樣。

---

[1] 〈如果地球藍色有如橘子〉（La terre est bleue comme une orange），是法國超現實主義詩人艾呂雅（Paul Eluard, 1895~1952）的一首詩。

參觀蒙特塞拉特黑聖母[1]
Visiting the Black Virgin of Montserrat

今日朝聖並不那麼困難：

地鐵轉火車轉纜車，不到兩小時，

到達海拔4000呎。今天無雲。

午餐有麵包、葡萄酒和火腿。

中午彌撒後，我們開始排隊，

一列忠誠和只是感興趣的人員。

在我前面，一位女士穿緊身

印雪豹的迷你裝配紅色細高跟鞋。

鞋後跟發出穩定節奏。

丈夫不照顧她。

---

[1] 蒙特塞拉特黑聖母，供奉在西班牙加泰羅尼亞蒙特塞拉特山的聖瑪麗亞·蒙特塞拉特修道院（Santa Maria de Montserrat）。

她講的是東歐語言。

遠道而來。

我們到達聖母像時

這位女士哭啦。

下山之前,

我留步買石南風味的蜂蜜

準備私帶通關

塞在包裝鞋子的底部。

迪奧時裝模特兒，巴黎步行貴賓犬
Model in Dior Suit, Walking Poodles
in Paris

觀路易絲·達爾·沃爾夫（*Louise Dahl-Wolfe*）的攝影
作品

如果不是其他女人

在妳和艾菲爾鐵塔之間

我簡直不敢相信——

完美是好字，

但有妳在，右腳

稍微向前伸出

（運動錯覺嗎？）

一隻貴賓犬，黑毛，

抬起左前爪應聲，

看來還只是小狗，

另一隻狗，較黑、較大，

活像塔，固定不動，

連在狗鍊上形影不離，

一隻謹慎，另一隻好動

逃離妳，一切反映在

潮濕路面。但是為什麼

戴套的右手緊握馬鞭？

妳的姿勢，不是因帽子斜戴，

此項練習就夠嗎？妳在

微笑，另一位女人卻不笑。

她年紀大，不牽狗，不戴帽，

剛好這要件是構成

妳遠距離的真相。

但為了感恩
But for the Grace

　　我總是第一眼

　　幾乎認不出是你

　　　　　　　　　　——布魯東

索邦大學剛剛在3:00敲鐘。
我只是籠罩在
窗口花壇天竺葵陰影下
戴著結婚戒指。

你因紅酒熟睡正在打鼾——
長期靈感，被偶爾
喘氣打斷思考——
如此窒息一度令我恐懼。

單獨在巴黎令我恐懼。

孤獨令我恐懼。

也許正是這種恐慌
今晚向我招手，
逼得我留意、擔心
下面跟蹌的醉客
大聲咒罵空氣
因為他不敢確定
能不能找到回家的路。

定居下來
Settling Down

我們在西班牙塔拉戈納海灘上。這是六月星期五下午。太陽在白雲間進進出出。我幾乎要加一件毛衣。我們已經在此公然換穿泳衣。我們也可以乾脆赤身露體。風沙正在襲擊我們皮膚。我無法不瞇著眼。水感覺就像原本就是藍色。你在跳躍暖身，在我拍攝的照片中顯得輕浮。你輕浮。我也是。無人拍到我們合照。我將臉埋在你靠近左肩的凹處。不到一個小時內，我們必須打包。如果這不是情詩，我還有什麼話說？此後幾個月內，沙子會從手提袋的口袋內撒出來，掉在亞特蘭大的臥室地板上—沙粒會很快定居在木板間。

離開盧爾德遇見瑪麗
Encountering Mary Outside Lourdes

在離開盧爾德的路上

歇業的「我好心主人」迪斯可舞廳附近，

轟立另一座到處可見的

聖母馬利亞雕像：

我稱她「我們的玉米稈聖母」。

此處沒有什麼幽靈怪事。

這是日常的瑪麗，這種女性會

趁你要離開當地茶室時

在停車場把你攬下，

你唇上還留有可頌麵包屑，

說你的上衣「很好看」，

意思是說「顏色很好」，

隨即明白你不太懂法語，

拇指緩緩向下指著

你的身體中部，像外科醫生

即將進行心臟繞道手術，然後

用兩隻手比劃出你的身材

比你寬胖一點點，用手指操作剪刀

動作時說些關於「按鈕」的事。

少頃，她專注凝視你的眼睛，

等待某種辨識。你不知道

說什麼或怎麼說才好，只能點頭。

她駕駛雪鐵龍車離去時，揮手。

這位女性對改變無所不知。

夏天瞌睡
Summer Slumber

睡眠不像夏天睡覺那樣，
漫漫長日離不開空調，
午睡是唯一值得努力的事。
在祖母有爆米花圖案的
淡藍色繩絨床單上，
夢到我會飛啦。

我二十多歲時，想隱居
到北喬治亞州百年的
農舍樓上，週末下午，
連讀書都毫無力氣。
我將箱型風扇調高速，

放在床腳中間凹低的地方。

我斷續夢到火車。

三天後，我就要48歲啦。

17世紀的維艾赫斯卡策宅第，

酷紅磚與七月太陽不適配，

是我躲避日常工作的法國度假處。

第一天下午，我溜回到

往日，陷入甜蜜的夏天瞌睡，

做為只夢想睡眠的禮物。

沉默的聲音
The Sounds of Silence

今早在工作室裡

我闔眼，

偷閒傾聽。

約翰在割後院草坪，

割草機的顫聲

被鳥鳴打斷。

風吹百葉窗嘎嘎響。

另一工作室門開，

腳步聲走向

洗手台，水衝出

飛濺入陶盆，

然後邁步踅回。

門閂啪噠卡上。

女人聲音從前面

街上飄揚過來。

村裡回收桶內有

玻璃聲匡啷響。

遠方，我聽到卡車

換檔、排氣，好像要

駛過加龍河大橋[1]。

你駕駛出租車

出門到鄉村尋找靈感

車商提醒我們

---

[1]　加龍河（Garonne），位於歐洲西南部，穿越法國和西班牙，是法國五大河流
之一。

那是無聲車。意思是混合動力
但不曉得怎麼解釋。
我常常渴望的就是寂靜無聲，
在不受干擾的地方，
但這也是真的無法解釋。

加冠榮耀
Crowning Glory

小教堂，曾經

是私人家庭靜修場所，

家庭婦女可在此

隱居隔絕外界，

今天是與藝術家相處。

在祭壇上，兩位女裁縫

戴假髮、插羽毛面具

穿瑪麗・安東妮[1]時髦禮服

加上修改過的舞會時裝。

---

[1] 瑪麗・安東妮（Marie Antoinett, 1755~1793），生為奧地利女大公，成為法國
革命前的最後法國王后。

王牌模特兒，裸露中腹，

黑色錦緞燕尾服和漁網孔，

更引人注目，因為配上

蕾妮‧羅素[2]天羅地網時髦假髮。

頭髮是寶物。

軍營裡，補充新兵

要剃光頭以消弭

任何個體辨識。

婦女入伍時，

2　蕾妮‧羅素（Renee Russo, 1954~），美國女演員、製片，擔任過模特兒，
　　《天羅地網》主角，戲中髮型如湯瑪士王冠而著名。

理髮師在旁侍候。

有些東正教婦女
結婚後剃光頭
或在公共場合包髮
或從來不剪髮，
合乎各自堅持適當
女性氣質的版樣。

我有朋友，癌症侵襲
乳房、子宮和卵巢，
頭髮全部掉光，
化學療法殺掉的細胞

比突變增生的還多。

愛穿異性服裝的朋友
最擔心她的頭髮，
假髮對任何要展現
女性氣質版樣成為關鍵。

每六個星期，我上美容院，
讓髮型設計師幫我重新燙髮
打卡到年輕的紅褐色時代。

瑪麗・安東妮王后
斷頭又斷髮：

一次法國革命
同時宣告二者死亡。

我們的手
Our Hands

昨晚在行動劇場
會計幫她的小孩子
在我們手上蓋紅印標章
表示我們已繳入場費。

你在行動劇場之前
對我們的手照相
我們沿加龍河步行時：
紅印標章加黑玉指環。

彼此幾乎走失的兩位情人，
在你所拍的照片證明

我們在加龍河邊親吻時

我手多麼輕易扣入你手中。

我們與市民一起遊行，

兩位情人在夜晚歡樂中走失。

盧森堡歷史博物館揭幕時，

我手輕易放在你手中。

會計用肘輕碰她的兒子，

就在我們與市民一起遊行時。

我們已經繳納入場費：

我們的故事才剛要開始揭開。

間隙
Rifts

就在修道院廣場附近
我們嘗到甜點：
蛋白脆餅
還有杏仁乳酪峽谷，
滿是薰衣草油的
小溪，溢滿
在薄薄白盤上。

我們正在聆賞
星期日鐘琴演奏會。
你說：「我想這是巴赫」，
但我只聽到一律是
鐘聲，和看不見的嬰兒

在附近哭。我想

他正在長牙——琺瑯質裂開

貫穿腫脹牙齦，他的

口水流到鵝卵石上。

景觀
Landscape

乳酪手推車來到巴迪閣客棧時，我們試吃菜單中選擇四碟。牛奶拼盤，在部分輪轉間一對金字塔，呈乳白色，點綴偶爾閃現綠色、藍色和灰色，是當地景觀的故事。一隻鄉村貓（同樣雜色）跳到陽台周圍的石灰岩牆上。女服務員過路端來一盤飲料，給打保齡球的一群男人。將近半夜。我感到你用腿摩擦我的腿。我們把車停在路邊，靠近向日葵田園。梵谷不是雙曲線──赭石波動起伏數哩。站在田園邊緣，我的黑色亞麻衣服絆住葵稈。片刻間，我覺得好像那些獨眼巨人會把我吞沒，但是，我又被你按下相機快門逮到啦。

破鏡
The Broken mirror

碰到瓷磚那瞬間，
我感覺心靈滑一下，
別離開我，只要移動
像結構板塊，某些深處
沒有人能走過去。

經諮詢網路預言家後
我往肩膀上撒鹽，
逆時針方向轉身3次，
已夠讓我頭暈。
在那邊運氣不好。

我保留一塊鋸齒狀物。

明天我要搭14號公車

去巴塞隆納新社區；由於

石質天使，我用陶器碎片去碰墓碑——

把我這部分宿命留在西班牙。

當地傳説
Local Legends

給Christine McAllister

M夫人認識白人女巫，正好

幸運，因為她的緬甸朋友

拒絕重回奧維拉區住家

相信在鬧鬼。她需要為老鬼

改變某種補償形式，

讓他客客氣氣，搬家

也許搬到山上荒廢的牧師住宅

無論多晚，都不會打擾別人。

在約定時間，手拿棕櫚葉

M夫人念念有詞，是英國女巫

抄寫給她的魔咒天書，

堅持她的房屋無幽靈容身地。

這些是你在法國小鎮聽到的故事，

尤其是可能從周遭的英國男人（或女人）。

市集日
Market Day

空氣中充斥草莓和乳酪等字眼，

談話在我周圍快速打轉。

我幾乎什麼都聽不懂

直到我轉個角落遇到熟人——

這個場景，沒有錯，

證明到處都是婦女

開同樣玩笑，玩同樣遊戲。

其中任何一位都可能是

我祖母，在咯咯笑

只有老女人才會說：「就是呀！」

大聲嚷嚷，頭戴奇特草帽，

抬頭望向左方，眨眼。

「哇啦啦！」其他人應答，

這時她晃動棉製內衣下襬，

因為在七月熱天緊貼住她的腿。

她們走來走去。

在攤位工作的年輕人

耐心站著，而且專注，

明知什麼都不用說：

接受，這是女人的特權。

詠奧維拉[1]的玫瑰
To the Roses of Auvillar

1.粉紅玫瑰

祖母交叉的多刺手臂，

因古樸美的加值而沈重。

或許會擺動，但互相拉住

全方位穩定不搖晃，

凸懸於鵝卵石牆上方，

注視我們每一步伐。

---

[1]　奧維拉（Auvillar），法國南部加龍省的一個市鎮。

2. 白玫瑰

妳的外表透示暗淡玉色，

加龍河的未婚表親——

躲在喧嘩的紫紅色背後

容易被忽略。

鄉村貓對著妳擦臉，

而其他人的孩子

胸前緊抱妳出席周日晚宴。

3. 紅玫瑰

作為美姝一向不容易：
人人都要妳坐枱，
期望又華麗又優雅，
自由自在擁抱妳，
沉迷妳的芳香——
一旦妳委屈枯萎化為塵土
瞬間就把妳拋棄。

4. 黃玫瑰

小妹妹，妳無法決定

要當什麼，設想妳自己

長大後，比玫瑰更像向日葵。

妳修長腿在河上迎風舞蹈，

妳的花瓣總是凌亂，

等人來把妳帶走。

狗咬時……
When the Dog Bites……

好吧，我現在稱為「腳爪」的

這隻怒沖沖法國白絨毛

小獵犬並沒有真正要咬我，

攻擊我當做是諾曼人

圖謀侵襲村莊。反而

我只是攀坡走聖凱瑟琳街

捷徑，而路程陡峭，我只是

沿途聖雅各之路[1]朝聖。

1204年，港口仍然滿是船夫，

這是小鎮齷齪的區域

---

[1] 聖雅各之路（Camino de Santiago），是前往西班牙北部城市聖地牙哥·德·孔波斯特拉（Santiago de Compostela）的朝聖之路，從法國各地經由庇里牛斯山通往西班牙北部，已被聯合國教科文組織登錄為世界遺產。

妓院賣淫的地方，無疑，
有很多傷疤，比我左小腿
上面那疤痕更糟糕。

詩人理應瞭解苦民所苦，
以美事的方式重述，
我傷口不足道，雖然難看，
卻讓我吃不下晚餐。

監視
Surveillances

蜘蛛在昨夜
編網穿越過黑色
人造皮桌椅。

*

村裡的公雞
今天中午變瘋子：
盡產生笑柄。

*

紙菸冒煙飄

像通過窗口死別：
棲息雀飛離。

*

今天會下雨，
或今天不會下雨：
只有風知道。

*

女孩騎單車
堅持在花園門口：

不願意下車。

*

屋簷下放鴿。
牛蛙在河邊嘓嘓。
合併在一起。

*

花寂靜無聲？
你看過繡球花嗎？
紫色大爆炸！

*

朝聖者通過。
驢緊緊跟在後面。
如此之虔誠。

*

不起眼門鉸
像大提琴悲鳴聲
在風吹動時。

黑濕枝上的花瓣
Petals on a Wet, Black Bough

始終有「一位」：

通常是一位孩子，跳躍

或舞蹈或尖叫或揮手

滿心快樂的少年狂；

或是一位少女受到打擊

特別傷心

不在乎公共場合，

沒受到我們任何人

想像得到的關心；

或是一位危險人物，

在狐疑、直視中

有明顯區別，

會聯想到不受歡迎，

不論中間

擠滿多少人，

經驗到受此傷害

就是陌生人在群眾

當中的感受。

飛行
Flight

顏色閃爍，有時綠有時藍，

在樹與樹間跳躍，很難

說服自己究竟看到什麼東西。

遠離鬧街，有一群和尚鸚鵡

在佩德拉比修道院[1]碩果累累橘樹間耀眼：

在這個地方，信仰變得容易。

早晨，若走上格拉西亞大道[2]

現代主義的大公寓窗口敞開

---

[1] 佩德拉比修道院（Pedralbes Monastery），位於西班牙加泰羅尼亞巴塞隆納的哥德式建築，阿拉貢王國詹姆士二世於1326年創建，現在是巴塞隆納市歷史博物館的一部分。

[2] 格拉西亞大道（Passeig de Gràcia），巴塞隆納主要大道，南起加泰隆尼亞廣場，北到大格拉西亞街（Carrer Gran de Gràcia）。

可以想像撲撲拍翅聲飛逃——

你幾可看見祖母幽靈，在瀏覽天空，
責罵缺乏奉獻精神的兒女和孫子，
她過世時他們把籠門都打開。

在提比達博山[3]陰影下，傳統壓抑魔鬼
告訴耶穌這一切可能都是他的事務
（山、海，這些美麗的鳥群），

我念希望的祈禱文，知道一旦走開
很難相信我看不到的情形。

---

[3]　提比達博山（Tibidabo），位於加泰羅尼亞，加泰羅尼亞海岸科利塞羅拉山脈
　　（Collserola）的一部分。

寫詩是奢華事
Writing Poetry is a Luxury

而她讓河水回答。

——倫納德・科恩（*Leonard Cohen*）

加龍河沒有時間

告訴我，

湍流交混，

潮汐

帶著威脅，

把我從

水的邊緣推開——

正好半沉的遊艇

擱淺，

正好是另一塊
糾纏浮木。

連青蛙都嘲笑我，
呱呱又嘓嘓
警告我
要保持距離，
離開時
不要出聲。

從對岸，教堂
傳來11點鐘聲，
在奧維拉

鐘聲敲響兩次。

提醒

不要錯過什麼事？

海流疾速。

我正嘗試寫詩。

加龍河不理我。

加龍河只會說法語。

新世界

the new world

重讀斯奈德詩〈上方〉
Rereading Gary Snyder's "On Top"

「內面外翻」

所有這些舊廢料都在下方

卡在這裡，包好在那裡

點火且等待。

屏住呼吸

進入最紅的餘爐，

點燃一張紙，現在

燒吧。

觀看悶燒。

靈感像淡淡的煙。

始終開放
Always Open

夢中，我在回家路上
從內布拉斯加州林肯市往南
駛向堪薩斯市，車窗半開，
讓中西部的冬季風把我
敲醒，要我記得呼吸。
我正苦惱。鄉愁是我要講的
故事，但我知道的更多，
這種孤單，這些心跳
太快，需要避免。

就在聖約瑟夫市外圍，
交通噪音在堪薩斯機場
從頭頂上轟隆而過，

近出口處，黑暗中，我看到

亮麗溫暖黃色，一頭栽進去。

這不是照相版的霍普

〈夜遊者〉[1]。不，這是家

始終開放，永遠在那裡

等待我完成熄燈。

我把髮上雪摔掉，

發現地方空空，只有

一張櫃台椅，開始

轉動，波登[2]邀我參加，

1　〈夜遊者〉（Nighthawks），愛德華・霍普（Edward Hopper, 1882～1967）的
　　名畫，1942年作品，描繪客人在餐廳晚餐，現藏於芝加哥藝術學院。
2　波登（Anthony Michael Bourdain, 1956～2018），美國廚師、作家、電視節目
　　主持人，名著《廚房機密檔案：烹飪深處的探險》。

所以就加入，因為

無其他地方可去。

我喊叫：「分開，密封，

覆蓋，切肉，蓋住」，

爆出笑聲。現在這地方

人滿，我不能除外。

我們都在吃胡桃鬆餅，

彼此講故事，我說，

「也許某天我會找到快樂之道。」

波登說：「你不是

應該在某地方嗎？」

飛機微弱的聲音

開始放大，一切開始震動。

我埋首，遮住耳朵，

閉眼，隱約可見陰影——

我吃驚，發現自己回到亞特蘭大，

你又在打鼾，

一次、永遠，讓我高興。

照顧病人
Tending the Sick

因為我心情不好，
你停在雜貨店
挑菠菜和玫瑰花，

我悶悶坐在桌旁，
睡衣袖子沾到
一碗燉雞，

你因為忘掉葡萄
把我弄混亂而道歉，
所以親吻我額頭，

辯稱：在英格蘭，總是
給病人買葡萄和鮮花。

住在舊花店
Living in an old flower shop

我曾經做過

不算最古怪的事，

甚至不是有意識選擇

只是貧窮有時帶來

一種偶然。

我22歲時，幹過三種工作，

但總在星期日下午

可以走石路四分之一哩

去探望祖父母，

坐在門口，喝甜茶，

吃小黛比燕麥派。

身為詩人會把這一切

變成隱喻，某些

特殊的異想，

但我不太記得

那兩年的事，

只是把閒置冷氣機改成壁櫥，

破裂的臥室窗戶割傷

我的右手掌從小指到拇指，

還有菊花的惡夢。

接近
Proximity

年輕負鼠覓食

在我辦公室窗外

似乎無視我的存在——

畢竟,我是設陷阱的人。

我吃杏仁,看到

牠發現什麼就咬什麼,

儘管我傾向於分享,

我知道一開窗

世界就變啦。

在我亞特蘭大的廚房
In My Kitchen in Atlanta

（致艾倫·金斯伯格）

你確實有點意外。

所以，早晨我迷迷糊糊

走進廚房，

甚至沒有準備打開

水壺，更不用說

面對白天，只發現

你裸體、曲身

發誓說這是太極拳動作，

我對付你這怪癖

已推到超越超現實，

超越崇高，

超越任何人

在日出之前所該為。

艾倫，這我可以忍受。

但是當你開始失去焦點，

批評我的浴衣，

罵我吃燻肉，

嘲笑我不寫作

每天總有一些重要事，

我想告訴你

和大家一起接受吧——除非

我知道你會的，

終究，我會讀到幾行

是你在我出生前幾年寫的

而且我會感到可恥

意思是你認識的那些人

有意傾聽。

然而，你在此總是受到歡迎。

千萬不要踩到貓。

梅普爾索沛[1]：早期拍立得
Mapplethorpe: Early Polaroids

1. 克拉麗莎・達林普[2]，1973／75年

如果有些原住民相信

照相會把靈魂攝走

是對的，那麼這幅人像

證明妳可能是免費

提供妳的心靈。

妳外觀完美，我這樣說

卻從來沒有見過妳

也沒有聽過妳的名字。

---

[1]　羅伯特・梅普爾索沛（Robert Mapplethorpe），美國攝影師，擅長黑白攝影，
　　作品主要包括名人照片、男人裸體、花卉靜物等。
[2]　克拉麗莎・達林普（Clarissa Dalrymple），策展人。

在攝影機捕捉妳的時候

妳到底蝕掉多少？

2. 無題，1973年

只不過是靜物——

白桌模型，旋轉式撥號盤，

電話號碼幾乎清晰可辨，

錦緞窗簾的褶皺，

也許是金色或綠色，

塗在櫃台頂面。

短開瓶器纜線投射

幾近完美反射光

越過玻璃油氈，我預料

隨時會響，

但不知該如何回應。

3. 無題（曼弗雷德），1974年

是呀，他就這麼裸身。

你可能期待是在

走進畫廊之前的事；

重點不在此。

當腋窩

比陰莖更明顯，

你應該質疑你的期望

竟有那麼多為我們

固定在5平方吋內，竟是

我們從不再成為自己那一刻起

就試圖記住的某些東西。

光環
Nimbus

每當晚上下雨，

正如每年此時常態，

我就想起你。

奇怪，你死的那夜

並沒有下雨。

二月氣候暖和。

我們牽手。我關掉

燈光。很暗——

不像那張畫像，

我沒有繼承的那一張，

你在科德角[1]眺望些什麼，

---
[1]　科德角（Cape Cod），又稱鱈魚角，在美國麻州。

可能是孩子在戲水。

你遮著眼睛，看不出

太陽正上升或下沈。

我從未拐彎抹角問你。

畫面洋溢琥珀色、赭色、淡黃。

燈光將你覆罩。

你背對著我。

軌道另一側
The Other Side of the Tracks

　　如果我全部放棄又如何，

　　開始自稱坎迪

　　（在i字上有顆心）

　　到沃爾瑪[1]購買

　　牛仔裙、背心，

　　一瓶水網牌髮膠[2]，

　　搭便車到阿拉巴馬州

　　伯明翰市郊外小鎮

　　擔任兼差女侍臨時演員，

　　早上在華夫餅屋工作，

　　晚上吸食大麻

---

[1]　沃爾瑪（Wal-Mart），是全球最大的零售商。
[2]　水網牌髮膠（Aqua Net），著名髮膠，紫色容器。

賣春給付得起錢的人

勉強維持生活,

在鐵路平交道附近,向聽到

我加踩油門或時速超過45公里

就衝出來的戴兜帽毒蟲買些迷幻藥,

直到有一天我看到

勞拉・阿什利[3]的仿製毛背心

從救世軍倉庫裡掛出來

覺得聖靈感動了我,

在賣色情片給卡車司機的加油站,

從自動加油泵聽到傳道,

回答任何聖經名字,

---

[3] 勞拉・阿什利(Laura Ashley),國際零售連鎖店創辦人。

就像正當的教堂主婦，

相信我多少更可能獲得救濟，

值得一美元善心，以前

我給她們端咖啡時

從來不煩給我留下小費。

孤獨的模樣
What Loneliness Looks Like

我的身體從旅館窗玻璃

反光重疊看來在更

接近的岩石輪廓上面，

赭色夜空襯托齒紋邊緣，

顏色往上逐漸褪成暗藍。

燈光閃爍，然後脈動，

先是棕櫚飯店、黃金海岸，再里約賭場。

我朝東沿佛朗明哥路

往百樂宮噴泉和賭城大道[1]望過去。

樓下一位少女，也許

不太年輕，穿不合身的白色俗衣，

---

[1] 從棕櫚飯店（Palms）到賭城大道（the Strip），都是美國賭城拉斯維加斯著名
地景。

走路搖搖晃晃，靠在自動販賣機上。

來了一位穿粉藍色燕尾服的男人，

給她一杯比花束還大的雞尾酒

她舉杯過肩向無人致敬。

在我這飛機座位上，我拍到胡佛水壩照片

和那白色塔樓、無言的警衛。

留下長期乾旱不易復原。

橡實災難
A Plague of Acorns

給史蒂夫・劉易斯（*Steve Lewis*）

今天早上，我被吵醒：

屋頂上亂彈噪音，

然後是亂竄的

松鼠在追抓

夏天遺落的東西。

我坐在門口品茶，

早晨空氣寒冷

是幾個月來第一次，

在我四周圍，牽牛花

和秋海棠，已凋零，

外圍是丟棄的土壤，

橡實半埋，一個花盆一個洞口。

任憑那些種籽爛掉。

星期一交通很亂。

一隻小松鼠閃避

雙向疾駛過來的汽車——

牠的運氣終於耗盡。

在停車訊號時，我看鏡子，

注意到又一年的紋線

沿著我的嘴和眼睛蝕刻，

當你突然想起時

還年輕，還能微笑，但平靜。

那是9月13日。

已經過了14年啦。

在我寫此死難第一週年，

提到你的答錄機，

你的槍支構造，

但現在唯一重要的事，

唯一留下的事，

是你留下的洞口，什麼都沒生長。

聽歐巴馬夫人譴責川普虐待婦女
Listening to Michelle Obama Denounce Donald Trump's Abuse of Women

10月中旬，丹佛工作會議

我在漢普頓旅館

靠嫌低的小小圓桌上

剛吃完那些「免費」早餐

桌上放著手機和房間鑰匙卡，

幸虧電視機設定在

CNN，而不是FOX。謝天謝地，

也就是說，直到坐在我旁邊那位男士

對他的朋友說：「她為什麼老是

大聲說話，要那麼生氣嗎？」

我周邊的每位女人都移動座位——

只有一位例外。她是美國原住民。

這是她的國家。她大聲

對保鏢模樣的丈夫說：

「去給我再拿一個餅乾。」

深藏在我白皮膚底下

某些東西，也許是老骨髓

在我從高祖母海絲特

繼承的切羅基族顴骨中，

開始溶出，到表面。

憑我女人臀部並不難

推擠他的桌子、他的熱咖啡——

革命就這樣開始。

成為我圈內唯一沒看《雙峰》的人
On Being the Only of My Circle Not to Watch Twin Peaks

對勞拉 · 帕爾默[1]的死，我不在乎。她只潛藏在我的現實邊緣，不需要明白是誰，為什麼，或在哪裡殺害她——紅屋，或黑別墅，正好是我知道有壞人住的地方。

不過，林奇[2]的世界已經夠熟悉啦。我接受與他一起騎馬狂奔失憶大道——發現自願滑入我所能宣稱的失憶症藉口。

我明白他的意思。

---

[1]　勞拉 · 帕爾默（Laura Palmer）是ABC原創《雙峰》劇集中的虛構人物。
[2]　《失憶大道》（Mulholland Drive）是一部2001年美國新黑色懸疑片，由大衛 · 林奇（David Lynch）執導。

事實是，我大多數朋友，腳都被熾熱的電視藍光射線燙傷，渴望分享熱量，講故事，一而再——我需要學習有關《雙峰》的一切知識，吞不下龍舌蘭酒和櫻桃派薄片。

我們大家，大部分生活清醒，像做夢，試圖保持平行距離——因為現實總是比想像更為超現實——因為有些漂亮的孩子始終是死啦，懇求我們聽她的故事。

新
New

出納員投入硬幣。
反彈兩下，在邊緣
旋轉幾秒鐘後
在我面前顫動躺平——
光亮稍微驚人。

我想像小孩在某處
搖擺演奏鈴鼓
肚皮舞孃，臀部圍巾
輕輕晃動成排膺幣。
我感到去年五月
放在我鑲亮片婚禮鞋上

小硬幣的幻影印象，

我默默許願。

近出口處，眼睛淡褐色女孩

在等待她的父親，

揮舞著魔杖，然後轉動

像音樂盒上的芭蕾舞演員。

有些許願應該分享——

我把閃亮小飾物放在她掌心。

婚姻寓言
Marriage Parable

侍者的提醒：
蜜月套房的壁爐
啟動計時器。

水瓶座2.0時代
Age of Aquarius 2.0

在星巴克稍停，取外帶杯

裝豆漿拿鐵加兩個雜糧圓餅

你到達軟體公司辦公室時

老闆可能會原諒你遲到。

前往地鐵

在手機上提示瓊妮·米雪兒[1]。

你在那部電影聽過她

談女同性戀雙親，

還有《真愛至上》電影中艾瑪·湯普森[2]說：

「我愛她。可以真正愛一生。」

在妳通過旋轉門時

---

[1]　瓊妮·米雪兒（Joni Mitchell），加拿大女歌手，1943年生。
[2]　艾瑪·湯普森（Emma Thompson），1959年出生於英國倫敦，知名女演員及劇作家。

刮破「自由人」名牌花呢短袖衣

（那件本錢是一週薪資），

5吋馬諾洛斯鞋[3]支撐妳挺立，剛好

讓妳向經過的同事拋出飛吻。

下班後，參加朋友在當地酒吧聚會，

用淺碟香檳杯喝雞尾酒

配新釀苦艾酒，想到

跳舞。妳幾乎一路旋轉

朝往戴著派克龜殼眼鏡[4]框的小伙子，

剛好及時注意到，他的男朋友趕到。

妳希望有位男朋友，愛他

一輩子，或只是今晚。

---

[3] 馬諾洛斯（Manolos）英國名牌鞋，為經典與優雅鞋履代名詞。
[4] 派克（Warby Parker）眼鏡，是美國最成功的平價品牌。

項鍊
The Necklace

我兩歲時

對，可怕的一年，

媽媽大部分時間

繫著細背帶

肩上斜吊

一條皮項鍊，警告。

她可以拿來當鞭子抽打

速度可以和

我拉出櫃子抽屜

往上爬一樣快。

她試圖與

我的冒險精神拚鬥。

有一天，她束手，

我把小豬撲滿打翻

掉到地板，碎片

差點沒打到我的左眼，

在我鼻梁上

撕裂鋸齒狀傷口。

她選擇珠寶

對某些似乎很挑剔，

但因為她時髦

明顯逼得

我學會

更細心挑選。

五十歲生日前在喬治亞州東北山脈步行

Walking in the Northeast Georgia Mountains Just Before My Fiftieth Birthday

也許只是輕拍我內在的溫德爾‧貝里[1]、詹姆斯‧迪基[2]，或比爾‧斯塔福德[3]，但自然確實難以忽視。例如，我今早步行到帕特森山峽的小溪瀑布時，遇到一隻浣熊，似乎正在打盹，也可能是夜晚和男孩子出去狂歡，需要恢復體力。看來像和我睡過的傢伙：可愛，但散漫，男子氣概開始從牛仔褲和法蘭絨襯衫之間透露，木炭燒過的肋骨雜揉Polo古龍水

---

[1] 溫德爾‧貝里（Wendell Erdman Berry, b. 1934），美國小說家、詩人、環境保護主義者、文化評論家。

[2] 詹姆斯‧迪基（James Dickey, 1923~1997），美國詩人、小說家，1966年，受任為第18屆美國桂冠詩人。

[3] 比爾‧斯塔福德（Bill Stafford, 1938~2001），職業棒球選手。

的皮膚氣味，喜歡偎靠汽車、樹木和割草機。

可以想像他喝藍帶啤酒[4]。即使他看來有夠無害，我還是保持距離。在回程路上，忍不住，靠近幾步，看見黑色蒼蠅嗡嗡在他身上繞光圈。司機撞到這小傢伙，可能沒看清楚，或者是亂闖，就跑掉啦。搞不懂。巴尼（因為此時他必須要有名字，對吧？），對，巴尼的尾巴，頂著露水的薊花圈，有莊嚴狀，讓我想起最早的一位男朋友，在他右方背帶環上，帶著浣熊尾巴鑰匙圈。有時候，你只是知道事情不對，但要花幾年時間，才能弄清楚怎麼回事。

---

[4] 藍帶啤酒（PBR，全名Pabst Blue Ribbon），美國名牌啤酒，由德國釀酒師Pabst創始於1844年。

溫諾格蘭德[1]《無題》
Winogrand, Untitled

場景容量足夠

帶妳進入酒吧，

大約60年代末70年代初，

唯一重點是你不再

存在於21世紀。

靠牆壁坐的人

瞪著妳看，好像在說，

「妳不是這裡的人」

妳想打斷

兩位女人說話，

就碰碰最近那位的肩膀，

---

[1]　溫諾格蘭德（Garry Winogrand, 1928~1984），美國攝影大師。

問她這是什麼地方。

妳以為是來自
閃光燈的反光
其實是小小聚光燈
照亮妳可以
輕鬆佔有的地方,
可是酒吧盡頭的那個人
好像有意請妳喝一杯,
只要調酒師剛好在旁邊,
然後想要把手
滑到妳的大腿上。

妳開始聆聽鋼琴音符，

眉飛色舞，妳昏昏

遵循燈具的線條

直到妳不知道是哪裡

妳想應該看清楚，

所以，妳回頭

找攝影師的手——

落到像框外面。

清理廚房
Cleaning Out the Pantry

2009年元旦

自從我決定

由糖罐裡

取出香草豆莢開始

早上喝茶

愈來愈芬芳。

今天我回到

已經取得

但還沒用過的土地。

當陽光逡巡地平線，

射入霧中時，

我把西非荳蔻

播種在玫瑰叢附近，

將百里香撒在橡樹根部，

在走廊下清掃五香粉。

巴黎好藥草，

中國五香，

馬德拉斯咖哩，

匈牙利辣椒粉：

這些都在我身邊打轉

（託旅行之福）。

鄰居貓咪

懷疑我的破舊長袍，

評判我蓬頭亂髮。
我的禮節冷而繁華，
每個玻璃罐空空如也，
那就快快吹一口熱氣
把殘渣弄掉。

最後，想要
保留夕陽過後
一些東西——
我就收藏番紅花。

跋詩

epilogue

估計錯誤
What We Missed

年輕戀愛時浮躁衝動，

我們只匆匆見過幾次面——

那天晚上在博物館

你給我一張CD混音帶

幾十年沒聽過這種；

那天早上你遇到我

在杜塞爾多夫火車站，

包包摔在肩上，兩臂大張，

把我腳離地舉起，

繞轉四分之一圈；那晚

我們喝波多酒到凌晨兩點鐘，

在童話般燈光下沿路跳舞回家；

那天下午我們在國家動物園

緊緊擁抱，拿著相機
伸長手臂，拍下幸福快樂。

每天早上你端茶給我
我承認覺得彼此都遲到最好。
有時，我還是會感嘆從未有過的歲月
甚至那些會毀掉我們的日子。

作者簡介
About the poet

　　卡蓮・賀德（Karen Head），著作有《加以瓦解！：磨課師暨技術保證》（*Disrupt This! : MOOCs and the Promises of Technology*, 一本關於現代高等教育議題的非虛擬書籍），以及四本詩集，即《出言不遜》（*Sassing*）、《巴黎歲月》（*My Paris Year*）、《腹案》（*Shadow Boxes*）和《有時：四位詩人，一年》（*On Occasion: Four Poets, One Year*）。另與他

人合編兩本詩選，即《瑪麗母親來找我：流行文化詩選》（*Mother Mary Comes to Me: A Pop Culture Poetry Anthology*，與Collin Kelley合編），和《作為人類經驗的教學：詩選》（*Teaching as a Human Experience: An Anthology of Poetry*，與Patrick Blessinger合編）。並策展過幾個廣受好評的數位詩計畫，包括她所計劃「紀念碑」（安東尼‧葛姆利的《一加一計畫》的一部分），詳見《時代》（*TIME*）網路小型紀錄片。詩作獲選入美國及國際多種期刊和選集。2010年獲牛津國際婦女節詩獎。出席2019年淡水福爾摩莎國際詩歌節。

　　曾任職於漢布里奇（Hambidge）創意藝術與科學中心、維吉尼亞法蘭西創意藝術中心。並在西班牙

巴塞隆納和英國牛津教授過留學研究計劃。現任國際詩雜誌《亞特蘭大評論》（*Atlanta Review*）編輯、亞特蘭大詩理事會祕書。特別是目前為華夫美食屋的桂冠詩人，此頭銜反映一項推廣計劃，旨在將藝術知覺帶給喬治亞州的農村中學，由華夫美食屋基金會慷慨贊助。目前也是喬治亞理工學院文學、媒體與傳播系副教授，同時擔任諾格爾（Naugle）通訊中心常務董事。德國多特蒙德（Dortmund）工業大學美國研究學院訪問學者，已經15年。

由於出身軍人家庭，成為她熱愛旅行的原因之一，另在荷蘭和英國置家。在美國喬治亞州亞特蘭大市土生土長，與非常英國的丈夫兼旅伴Colin Potts在此居住。

譯者簡介
About the translator

　　李魁賢，1937年生，1953年開始發表詩作，曾任台灣筆會會長，國家文化藝術基金會董事長。現任國際作家藝術家協會理事、世界詩人運動組織副會長、福爾摩莎國際詩歌節策畫。詩被譯成各種語文在日本、韓國、加拿大、紐西蘭、荷蘭、南斯拉夫、羅馬尼亞、印度、希臘、美國、西班牙、巴西、蒙古、俄羅斯、立陶宛、古巴、智利、尼加拉瓜、孟加拉、馬其頓、土耳其、波蘭、塞爾維亞、葡萄牙、馬來西

亞、義大利、墨西哥、摩洛哥等國發表。

出版著作包括《李魁賢詩集》全6冊、《李魁賢文集》全10冊、《李魁賢譯詩集》全8冊、翻譯《歐洲經典詩選》全25冊、《名流詩叢》42冊、回憶錄《人生拼圖》和《我的新世紀詩路》，及其他共二百餘本。英譯詩集有《愛是我的信仰》、《溫柔的美感》、《島與島之間》、《黃昏時刻》、《給智利的情詩20首》、《存在或不存在》、《彫塑詩集》、《感應》、《兩弦》和《日出日落》。詩集《黃昏時刻》被譯成英文、蒙古文、俄羅斯文、羅馬尼亞文、西班牙文、法文、韓文、孟加拉文、塞爾維亞文、阿爾巴尼亞文、土耳其文，以及有待出版的馬其頓文、德文、阿拉伯文等。

　　曾獲吳濁流新詩獎、中山技術發明獎、中興文藝獎章詩歌獎、比利時布魯塞爾市長金質獎章、笠詩評論獎、美國愛因斯坦國際學術基金會和平銅牌獎、巫永福評論獎、韓國亞洲詩人貢獻獎、笠詩創作獎、榮後台灣詩獎、賴和文學獎、行政院文化獎、印度麥氏學會詩人獎、台灣新文學貢獻獎、吳三連獎新詩獎、台灣新文學貢獻獎、蒙古文化基金會文化名人獎牌和詩人獎章、蒙古建國八百週年成吉思汗金牌、成吉思汗大學金質獎章和蒙古作家聯盟推廣蒙古文學貢獻獎、真理大學台灣文學家牛津獎、韓國高麗文學獎、孟加拉卡塔克文學獎、馬其頓奈姆‧弗拉謝里文學獎、秘魯特里爾塞金獎和金幟獎、台灣國家文藝獎、印度普立哲書商首席傑出詩獎、蒙特內哥羅（黑山）

共和國文學翻譯協會文學翻譯獎、塞爾維亞國際卓越
詩藝一級騎士獎。

語言文學類　PG2609　名流詩叢41

故意遺失
Lost on Purpose

作　　　者／卡蓮・賀德（Karen Head）
譯　　　者／李魁賢（Lee Kuei-shien）
責任編輯／陳彥儒
圖文排版／蔡忠翰
封面設計／蔡瑋筠

發 行 人／宋政坤
法律顧問／毛國樑　律師
出版發行／秀威資訊科技股份有限公司
　　　　　114台北市內湖區瑞光路76巷65號1樓
　　　　　電話：+886-2-2796-3638　傳真：+886-2-2796-1377
　　　　　http://www.showwe.com.tw
劃撥帳號／19563868　戶名：秀威資訊科技股份有限公司
　　　　　讀者服務信箱：service@showwe.com.tw
展售門市／國家書店（松江門市）
　　　　　104台北市中山區松江路209號1樓
　　　　　電話：+886-2-2518-0207　傳真：+886-2-2518-0778
網路訂購／秀威網路書店：https://store.showwe.tw
　　　　　國家網路書店：https://www.govbooks.com.tw

2021年7月　BOD一版
定價：270元
版權所有　翻印必究
本書如有缺頁、破損或裝訂錯誤，請寄回更換

讀者回函卡

國家圖書館出版品預行編目

故意遺失/卡蓮.賀德(Karen Head)著；李魁賢
　　譯. -- 一版. -- 臺北市：秀威資訊科技股份
　　有限公司, 2021.07
　　　　面；　公分. -- (語言文學類；PG2609)(名流
　　詩叢；41)
　　　BOD版
　　　譯自：Lost on purpose : poems
　　　ISBN 978-986-326-925-0(平裝)

874.51　　　　　　　　　　110009754